秀甲天下的山水仙境
人间天堂

而我　是多么爱你
这故土家园的生生不息
莽莽苍苍……

我热爱这家园的莽莽苍苍

我热爱这家园的莽莽苍苍

石才夫 著

◎诗集◎

Gvangjsih Minzcuz Cuzbanjse
广西民族出版社

◎作者简介◎

石才夫

笔名拓夫，壮族。中国作家协会会员。毕业于广西民族学院中文系。二十世纪八十年代开始写诗，作品发表于《诗刊》《民族文学》《作家》《花城》《星星诗刊》《广西文学》等报刊和网络平台，有作品译介到俄罗斯、泰国、越南等国家，出版诗集、散文集多部。诗集《八桂颂》获广西第八届文艺创作铜鼓奖。系中国作家协会第九、第十届全委会委员。

自序

这是我的第五部诗集。从2011年的第一部诗集《以水流的姿势》到2023年的《我热爱这家园的莽莽苍苍》，时间过了十二年，恰好是一轮。

这个集子收入的作品，绝大部分写作时间是最近四年，即2020年1月至2023年5月。众所周知，这其中包含了我们所有人共同经历、无法忘怀的抗击新冠疫情的一段时间。我是个喜欢不断行走的人，我觉得诗歌也是行走的艺术。行走能让人发现新的景致，感到陌生刺激，能引发写作冲动。而过去这几年的大部分时间，因为疫情原因，我们的行走受到诸多限制，有了很大困难。于是我更加珍惜每一次写作的机会，我把写诗当成生活的一部分，如同吃饭、睡觉，跟朋友交流。同时也是坦露，将发现、思考和感动，在作品里呈现。

我现在生活的地方，位于北回归线以南；而我的老家，则是紧挨着北回归线的北边。这样的地理位置，决定了一年当中有一段降雨集中的雨季，这个时候一般是夏季。南宁的夏天漫长而闷热，阳光灼人，下雨会带来难得的凉意。而在老家，下雨则有另外的意义：田地里的庄稼需要灌溉。老家虽然在北回归线边上，年平均降雨量并不少，但因为是喀斯特地貌，地表留不住雨水，因此成了著名的“桂中旱区”。几十年来，国家投入大量人力物力，用于治旱，效果正逐渐显现。记得小时候，村子后面的小水库夏天几乎都是满水的，我们放学后常常到水库洗澡、游泳。到了冬天，水库里也还有不少的水。但最近几次回老家，我去看水库，因为天旱，里面都是干的，库底长满了杂草。这让我身在都市，每到夏天，就格外关注雨水，有时看到窗外大雨倾泻而下，我就想，这雨下在老家就好啦。

南方的雨季也是汛期。江河被雨水灌满，会变得像一匹狂躁的野马。而雨季里充沛的水和阳光，则让山野间的林木和野草肆意生长。老家的山大多是石山，既有连绵成片、逶迤不绝的山脉，也有傲然独立、卓然有姿的孤峰，更有万山耸立、如春笋入云的峰丛。江河入海，大山连绵，这莽莽苍苍的土地，与生于斯长于斯最终亦归于斯的人们，它们和他们的一切，都是我目光最常态的牵引，是内心最长情的告白。我从乡村走出，在城市里落脚，几十年间无数次往返于城乡之间，走着走着，自己仿佛也早已融入这熟悉的莽莽苍苍，并且理解了像我的祖辈、我的父亲母亲和我的兄弟姐妹一样的人们，他们的隐忍、坚毅、豁达和宽容，他们的劳动、奋斗和梦想，他们的悲伤、欢乐和日常。

人生如行路，年岁的增长是确定的，但时间会给你的生命带来什么，前方会遇见怎样的景致，则全属未知。古人因此有命运莫测的感叹，翻开历史的大书，每一页几乎都是沧桑。这对诗人倒是有益处的，至少我是这样，雷霆雨露都是诗意。每次我在纸上或是手机上写下一个题目、一个词或一行字，我觉得都是与这个世界，与亲人朋友的一次交流，是一句话、一个微笑或者一个眼神。文字其实也是我的朋友，相识多年，它们都知道我的心思。

组诗《雨季》发表于《民族文学》2022年第12期，并获得该刊物当年的年度诗歌奖。颁奖词是这样的：“石才夫的诗歌多为短章，短小精悍，但无论是物象还是景象，在他的诗里都与心象相通。言有尽而意无穷，往往在语言终止处却生发出巨大的意象，而引人共鸣。这种从日常生活的浪花中撷取诗意并提升为艺术的能力，是诗的本质。”这诚然已多有溢美，但确乎是我的追求，且当是鼓励与鞭策。

感谢这个伟大的时代。“文章合为时而著，歌诗合为事而作”，书写、讴歌和记录时代，是文学的使命。在所有文学体裁中，在对时代和现实的反映方面，诗歌有着“短平快”的优势。而时代的丰富性和包容性，又为诗歌提供了无限可能。作为新时代伟大变革的见证者和亲历者，能够以诗歌的方式反映时代的呼吸和脉动，描绘家园的壮阔与温暖，体悟人间的欢愉与痛楚，与万物共悲喜，这是诗人的幸运。

感谢广西民族出版社的领导、编辑及所有给予我无私帮助的师友。

愿人间无疾，山河有诗。

是为序。

石才夫

2023年6月18日

目录

母语里的植物［十六首］

生如芦苇［十三首］

世间模样［三十五首］

空中之事［二十首］

雨季［三十二首］

做一条善良的鱼［十二首］

我写下的每一个字都是星火［六首］

母语里的植物[十六首]

母语里的植物［十六首］

中秋帖（组诗）

·山河纪·

每年这个时候，山都格外沉默
心事长成丛生的灌木
叫不出名字，但满是荆棘
坚硬的石头被隐藏行迹

风如约而至，带来远方的消息
柚子树结出硕果
但厚皮之下，真相扑朔迷离
一部分人相信甜蜜
另一部分人则相反
他们都认为自己才掌握真理

河水就是这时候涨起的
汛期早就过了
那么多年，河床已经习惯
在一场大雨过后敞开胸怀
蛙已归隐，不问世事
蛇入鼠窝，制造稻田迷案
少年左牵黄右擎苍

在岸上观流水

山说，走吧孩子
你的前途无可限量

·林树远·

父亲在这座矮山下住了多年
山上林树茂盛
一条乡村公路在前面蜿蜒
大片的水田铺满金黄
后山上新建了一座铁塔
突兀而坚硬

前方远处的山呈笔架形
人们说这个风水出文人
父亲对此应该笃信不疑
他给四个子侄起的名字分别是
州府省院
用浓黑的墨汁大写在四个箩筐上
用来装满玉米、稻谷、花生和黄豆
从不担心扁担会断

我上学的时候
自作主张将府改成了夫
这个名字让我占尽风光

而父亲已经不能表达意见
我们的名字在他的墓碑左侧
整齐排列，长幼有序

今年中秋前，弟弟来电话
说已给父亲找好新的住处
将择日迁坟

·明月谣·

给一个天体造一个节日
让它延续千年
这个创意让人兴奋
为了让故事真实可信
舞台上，我们将设置
一对男女，一棵桂树
一只玉兔负责穿针引线

最世俗的故事成为经典
潮汐涨落，天河遥远
一杯桂花酒的诱惑
足以抵挡严寒和利斧
大幕开启，星光璀璨
无论怎样的人生
都注定回不到从前
从此阴晴圆缺万里婵娟

今夜之后，尽管亮出杀猪刀
每天在我身上削下一片

削下的，终将化作俗世烟火
将我点燃
看一颗行星终日痴痴厮守的
是怎样的人间

致父亲（外一首）

从一个小山包
到另一个小山包
从一片稻田
到另一片稻田
这样的山水您应该早就看熟了
就像看着我从九岁那年
开始成长，经常夜半泪湿
独自咬牙
上大学，娶妻生子
看着我的岁数一步步接近您
然后在四十二岁那年超越
现在，我比您还老了父亲
头发花白，爱回忆从前
这世界其实也变化不大
比如种瓜还是得瓜
比如稻米还是养人
清明还是下雨
弟弟每次还是给您点一支烟
比如您这新居的一侧
木棉花还是开在春天
远山如黛，我与它早已
相看两不厌

·在一起·

单位每年都要核实干部信息
人事处小李
拿来我的登记表
让我签字确认
这个时候
父亲和母亲的名字
会同时出现
而且挨在一起
他们名字后面的三个字
也挨在一起：
已去世

母亲这样挨着父亲
已经三十多年
他们还将继续挨着
超过生前
在一起的时间

米粉宣言

稻米能够写就的
最好的文章应是米粉
粉身碎骨，化点为线
是修炼、轮回，也是报答
你愿意张扬
就放一勺辣椒
愿意平和，就与水为浆
肉食者鄙
但为稻粱谋
我们都记得阡陌纵横
有岁季的约定
这世界，纵使再变一万个模样
大米
仍是最初的长相

大河上下

旁边是小河
往上是贺山　乌慢　上团　上水
往下是王元　王丈　下寨　新桃
大河上下
是我的家乡

山峡　大河　得泗　新桃
这些村名在壮语里像一道道口令
举盛满酒的杯子作火把
围着圆桌
酝酿少年记忆
把声音尽量压低
不能暴露了古松山　金峰寺　鳌山庙
龙口水的行迹

稻田是麻雀和田鼠的天堂
每到秋天它们就高声歌唱
只有甘蔗林可以掩藏我们的理想
不知道为什么
它们心怀甜蜜
却都长着一副贫苦的模样

不变的也有，比如老牛和夕阳
只是自从我们长大进城以后
乡村就不再有牧童
牵牛的老人走得比牛还慢
夕阳下他们的影子
常常撞到一起

站在新桃村口，我能看见
古松山下的大河村
黄昏时候的朦胧
远远站立的苦楝和香樟
不分彼此
无论什么时候回头
大河上下
都有一只麻雀在飞
无论什么时候
都有一群麻雀在飞

注：诗中的大河、小河等，皆为村庄名。

回到新桃

春天，需要回到这里
这个叫作新桃的村子
适合在孩子点燃鞭炮
辞旧迎新的时候
被写进诗里

诗人从新桃出发
沿着一条江
登上一条船
江水不停地诉说
水流的方向
河床的深度
河底的石头
有一个怎样的童年

直到遇见麻村，诗人结庐而居
麻村和新桃
它们的名字和花朵有关
和农耕相连
与春风有约
每当诗人举杯，略带醉意

这两个村子便走到一起
一个说壮话
一个说平话

麻村的故事一直在生长
像湖边榕树的叶子
落下一片，又长出一片
在被命名为地铁一个站点之后
列车每天无数次往返
城乡之间，载故人
回到新桃
回到有莲花的水库
有甘蔗的坡地
有乳名的从前

这时，你的地图山脉耸立
河流蜿蜒
从新桃到麻村，一条大路
清晰可见

阿　道

我向老家一个木具厂的老板
打听阿道（他们同村）
他说阿道早就不见了
不见了的意思是
谁也不知道他在哪里

阿道是我的同学
小学三年级和四年级
我们同座
他会画很好看的小人儿
他只给我看
他从家里拿刚刚煮熟的红薯
带给我吃

我从小学到中学到大学
从桃村到寺山到来宾到南宁
从少年到青年到中年
阿道一直在四年级
在下寨村
在低头画画

阿道是个哑巴，不能说话
我现在常常想：
我写过的诗
有哪一行是阿道替我写的？
我说过的话
哪一句是我替阿道说的？

母语里的植物

有的植物，只活在我的母语里
在与村庄聊天的时候
有时也在
他乡遇故知的那一刻
它们像儿时的伙伴
不挑地方生长
山坡野地，田头园边
都能蓬勃张扬
它们中的一棵
会结籽，可煮茶
能解乏祛病
我曾经想查一查
它的来历和功效
但我不知道在另一种文字里
它叫什么名字
它的一生有怎样的记载
这些植物，每年
在靠近清明节的时候
会被母语叫醒
连同隐在它们后面的
一座座坟茔

母语里的植物
活得很好，不用进城
赶路不用等红绿灯
最重要的是
枝条不被修剪
一生只用一个名字

水面升起，石头下沉

——兼记大藤峡

河水在下游被拦住
于是咆哮狂怒
像人生气的时候血压升高一样
它把水面升起
把山变矮
将老码头淹没
流水的面目清晰可辨
石头悄然隐没
像是被水里的白云驮走
去造访终年积雪的地方
岸边山坡上正在抽穗的玉米
只来得及看一眼夕阳
便沉入水中

水底村庄的人们
依旧该劳作的劳作
该出门的出门
他们化身成鱼
像从前的牛羊
成群结队
日落而息

你不知道德峨有多美（组诗）

·大锅汤·

以前只知道大锅饭
来到隆林德峨
才认识大锅汤
锅很大，在圩场的一角
冒着腾腾热气
里面的牛杂碎
散发出熟悉的味道
一张矮桌子坐了两位苗族大哥
他们酒喝到一半
我们加入，围成了一桌
也像一口大锅
这一年，我们太需要团聚了

·青冈树·

仡佬人崇拜青冈树
还有苞谷酒
我第一次来到隆林
没见到青冈树
靠苞谷酒壮胆
在德峨
跟一位仡佬族女子合影
悄悄向她打听
哪里才能见到青冈树

·她之一·

她显然是个年轻的妈妈
幼儿正在她的背带里熟睡
这时已经是中午了
她应该是很早就出门
儿子在睡梦中
被裹进背带
母亲的后背比床铺温暖
于是他继续睡
地上小摊摆着好看的糍粑和粽子
还有一口铁锅
里面的油翻滚着
她抬头，微笑
低头，拨弄锅里的粽子片
后颈露出雪肤
和一圈细细的头发

·她之二·

她穿着好看的苗族服装
好看地微笑着
我们站在街口
拍了一张合影
我在离开德峨多日之后
在南宁的某个午后
端详这张照片
认真地回忆
我们之间说过什么
那天晚上，苞谷酒那么浓烈
我应该是
唱了一首歌

·山谷里，那片百香果·

在种百香果之前
地里长的是什么呢
苞谷一定是有的
还有各种野花（我总是叫不出地上那些花的名字）
百香果低眉顺目
不会强行进驻
它说我是甜的
它说我也喜欢春天
于是这一片山谷
都让给了百香果

到了晚上，宴席开始
如果有人喝不了苞谷酒
主人便端来一杯
百香果汁

生如芦苇[十三首]

生如芦苇[十三首]

- 在江边筑一座城池
- 种一棵树，让它独自生长
- 五月寄北
- 一棵竹子的独白（组诗）
- 还记得第一次见到大海的心情吗？
- 生如芦苇
- 伊犁河
- 两地问

在江边筑一座城池

山是可以搬走的
不知道江水能不能迁移
过了这么多年才知道
誓言很不可靠
我想让这条河蜿蜒而过
让河里洄游的剑鱼
记住在这里产卵、繁殖

岸边长着苦楝
更多的是甘蔗
这两样东西让人爱恨交织
我用苦楝木精心打制一只箱子
带着它行走江湖
装下那些年所有的回忆
刷的油漆是金黄色的
你远远就能看到
甘蔗就用来榨糖
雪一般的白砂糖
用来吸引蜜蜂
秋天里河水变得清澈
能照见你的眼睛和长发

我们的城堡
已经慢慢筑起

我后来迷上了江水
约好一群飞鸟
在清晨鸣叫
看见白糖会想起我们的城池
还有一座山，山上的庙宇
那片林子
冬天也很温暖
我们的自行车
穿过农贸市场
和一个旧操场

现在，我想起了和剑鱼的约定
要跟河水叙叙旧
你就穿那件风衣
坐在金黄色木箱子上
安排些生活琐事
偶尔抬头笑，纵容我
凌空撒网
杯中捕鱼

种一棵树，让它独自生长

挖个坑，可以深一点
填土浇水
再踩上几脚
扶扶它，看一眼它的枝叶
然后可以走了
让它自己思考
生存还是死亡
独自面对一切，包括
阳光和黑暗
雨水和干渴
是否允许喜鹊造窝
乌鸦歇脚
正直也好
歪脖子也好
一年都是一轮
你种下的是树
遇到的也是树
江南无所有
聊植一株木
马上相逢无纸笔
凭树传语报平安

从此一拍两散
路途遥远，给土地留个念想
秋天风起
给它写封信，抬头是
见树如面

五月寄北

去年东北第一场雪
来到的消息
是你告诉我的
雪在北方不算什么
就像南方五月经常下雨
但那场雪有点不寻常
一座城市的人数着日子
把自己的脚步
限定在居室之内

目光当然可以放飞
而目光的自由
却让躯体的限制变得
更加艰难
你一定想到过南方
想到过北海的阳光和沙滩
我翻拍一张老照片
发给你
“照片右一已经作古。”
你说

有什么是可以不朽的吗
比如五月的风
当大雪初霁
当雨后山青
我想让大地印满大大小小的足迹
想让节日的高速公路
再次堵满车子
我乐意成为其中的一员
摇下车窗
跟旁边的陌生人聊天
说说这些年
我们的生活

一棵竹子的独白（组诗）

——蜀南竹海行记

·关于孤独·

一棵竹子在竹林里
和一滴水在大海里
它们的孤独是一样的
远方不能到达
成长无人鼓励
近在咫尺的另一个
一生也没有只言片语
二十年前我来此地
竹正直虚怀
如今再来
竹虚怀正直
风变了雨也回不到过去
一棵竹站立在山上
除了生长
别无长技

·成长是一件容易的事·

从破土到长高二十米
只用四十多天
再用两年长成成竹
这对竹子来说
不是什么难事
难的是离开，树挪死（现在也不一定了）
竹子挪到山下
在菜园边，在庭院里
会看见茅屋下一位诗人
隔篱呼酒
有时它用竹鞭在地下
四处摸索
择一个时辰破土
之后就只剩下坦途了
万壑之中
一个天天向上的少年

·阳光宴·

饮雨水，竹会醉
摇摇晃晃
去赴阳光盛宴
竹子自带灭菌的药
所以不长虫子
鸟儿也就不来了
竹子也不需要额外的聒噪
它们用统一的姿势
向天地致意
埋在土里的是春天的丰满
朝向天空的
是欢喜容颜
只留虚空
给空空的人间

·在地下·

除了根须
还伸出一只手，叫作竹鞭
一样有节，像一根躺着的竹
在土里四处打探
直到确认阳光的气息
有时候头顶上是一条路
铺着石板
人们从四面八方赶来
唯恐错过
一棵竹子的童年
竹子别无选择，不能退回地下
它已经踏上一条不归路
包括成为人们中午饭桌上的
全竹宴

·空虚终于成了美德·

竹会不会羡慕一种树
比如松，枝条伸展
树干结实
能分泌出脂液
包裹内心的秘密
用极其缓慢的生长
抵御岁月侵蚀
但竹只有空虚，而且自我封闭
一种空虚是虚
一万种空虚就成了实
就像我，愈老愈觉心虚
小心翼翼
没入芸芸众生

·相见·

饮者相见
举杯是最后的礼仪
行者相见
会打探湖水的消息
一个人和竹子相见
如果不是藩篱
应该就如我此刻一般
人在竹海
向一片叶子颔首致意
一条大河从这里开始
有一个壮阔的名字
一棵竹子在这里
构思海的文章如何立意
再过二十年
如果你我都在
我们就顺江而下
松风煮酒
竹雨谈诗

还记得第一次见到大海的心情吗？

见海的次数多了
就忘了第一次见到大海的心情
夏威夷的海
颜色太蓝，像倒进了染料
太平洋那么广阔
把我仅存的好奇稀释殆尽
黄金海岸的海
是金色的，南半球的秋天
懒洋洋躺在沙滩上
在花莲见到的大海
岸上花开，水底有金瓜石
往东边看，离家越来越远

那些海，都不是曾经沧海
我第一次见海的地方
也还不是银滩
它叫白虎头
那时面对大海发誓
要爱一个人
给她写诗
记住海的深远和辽阔

温柔和狂野

今天，我来到海边
落日照着一片沙漠
眼前早已
没有一滴水

生如芦苇

属木，但五行缺水
知道认命，又心有不甘
与一条河纠缠不休
流水走啊走
我不走，随风摇摆
拔节长高
生出妖娆的花
标榜纯洁
从没想过，能不能
移到山上
晨昏之间俯视山河
那年藏起来的船
就让它暴露吧
再不走，码头都荒芜了
岸上牧牛的少年
扔过来一颗又一颗石子
他目中无苇
我决定就让他和芦苇一起成长
弯下腰，在夕阳里
摆摆手
把芦花开到天上

伊犁河

奔流 1500 公里
只有 601 公里
在今天的中国版图
流出去的水
像游子
走着走着
成了别人的
母亲

两地问

移居加拿大的师兄说
在温哥华的华人新移民
见面会问:
什么时候回去?
回到国内见面也问:
什么时候回去?
不知道哪里才是
家

世间模样[三十五首]

世间模样［三十五首］

这一路烟火都是我爱的人间（组诗）

·绿塘里·

如果要大隐于市
一定要选择一个诗意的地名
比如绿塘里
很多伟人的故居
门前都有一个池塘
植荷，方便青蛙虎踞
院外的竹子负责传递民间消息
留存虚怀和正直的乡风
既然喧嚣无法避免
就当学古人卧听
不苟且是生活态度
也是生活本身

·思贤路·

路口每天
都聚一群人，下棋
还有观棋
他们背着手围成一圈
像是在酝酿某个事件
战火从傍晚燃起
直到午夜双方才鸣锣收兵
我早上走过时看见
留下的残局和暗藏的玄机
观棋者各怀心事散去
世事如棋，路行万里
胜与负
早已随流云远去

·香樟记·

所有坚强的都脆弱
所有古老的都短寿
所有葱郁的都容易落叶
更何况这一路的樟树
还自带芳香
但幸好，这路上有剧院
有幼儿园和小学
那些沉甸甸的过往
在樟树明亮的叶子上
变得无足轻重
所有成长的记忆
除了母亲的牵手
无非是这一路香樟的护佑
向上，长生

·葛麻岭·

一座城市的高地
以一种植物命名
最早的躬耕者
定是怀着布衣初心
在这里植麻，种桑
与百草为邻
偶尔抬首，四下里山河朝见
布衣像一位王者
用瓜花和荷叶给自己加冕
被水泥丛林包围是多年以后的事
趁时辰尚早，江山无恙
且荷锄引牛
造一座城池涵养流年

·照相馆·

最初是家乡小镇上的一间屋子
麻子爷操持一台机器
咔嚓咔嚓把方圆几十里的人
都拍了个遍
现在的照相馆陈设简单
没有彩绘的布景
也不用罩着黑布的机器
一台手持数码相机
把人脸分成两种——
身份证、护照
生命删繁就简
背景不是蓝就是白或者红
挺胸收腹、抬头凝视
表情随意
故乡渐行渐远，遁入空蒙
麻子爷站在云端，说：
看着我，笑一笑
别眨眼

·邮局·

没有涂着绿漆的二十八吋[①]自行车
往日的邮差已经失联
邮筒空洞，像饿肚子的老人
信封仍在出售
但大部分用来装钱

父亲和绿色自行车拐过山脚
过一道沟，和沟上的桥
父亲年轻力壮身姿矫健
乡间有人等他和一封信
小学校长在等报纸
稻草人对麻雀
怀有深深的偏见

城市里的这个邮局
显然对局势成竹在胸
两个年轻人忠于职守
他们除了保卫邮袋，剩下的

就是尽量低调
让一条邮路隐在风中
毫不起眼

注：①吋，英寸旧也作吋。二十八吋约等于七十一厘米。

·电影院·

一座城市没有电影院
会怎么样?
思考这个问题的时候我正安坐电影院
故事糟透了，结局被剧透
我们不能把这糟糕的一切
归咎于导演
这里昏暗的灯光
是夜与昼最理想的遮掩
我发誓在灯亮之前
把主角虚幻的身份戳穿
让故事回到常识
善恶终有报，相爱得团圆

一座城市不能没有电影院
我们可以领着老人和孩子
在故事里度过一段时间
这满世界的人除了养家糊口
有时也需要粉墨登场
做一个称职的演员

在韶山（组诗）

·在这些地名里长大·

湘水源于桂
北流入湘
几天里，我边走边在
湘潭、浏阳河、韶山
洞庭湖、岳阳楼
橘子洲头这些地名里
回忆自己如何长大、识字、成人
如何白头

·日出·

太阳还未露头
已染红半边天空
我拍照发朋友圈
跟评不约而同——
东方红，太阳升

·门前池水有残荷·

田地阡陌
泥墙黛瓦
青蛙当年虎踞
少年携侣曾游
时序晚秋，我来此地
层林尽染，池平如镜
照见天空

·旧时山水·

有杨柳依依
有杜鹃鸣啼
左青龙右白虎
前朱雀后玄武
雄关漫道真如铁
而今迈步从头越
苍山仍如海
残阳曾如血

·和一个湖南人交朋友·

学习他的方言
学吃辣子
学走四方
埋骨不须桑梓地
学打脱牙齿和血吞
学舍我其谁
看他在纸上挥洒
听他讲初恋
那个他爱到骨子里的女人
一起到中流击水
浪遏飞舟

·远和近·

从韶山冲出来
我问当地朋友
毛主席的父母是什么时候去世的
回答是毛母逝于1919年10月
三个月后，毛父去世
这个时间，离长征
离遵义会议
离延安、西柏坡都很远
离开国大典也远
他们终其一生，只做一件事——
和土地近

·银田寺·

此去韶山
还有十五里
那年回乡，毛岸英在此下马
说：父亲叮嘱，到了银田寺
要步行回村

黄姚四韵

·一·

在无数次有关旅程的回想里
我总是遇见一个柔美的黄姚
那里的流水
刻下无波的印记
那里的风
吹过脸颊不着痕迹
像多年前的那个春天
你穿一件火红的裙子
站在桥边说
什么时候，我们一起
去看杜鹃？

· 二 ·

在无数次关于诗的构思里
我写下一个恬静的黄姚
光滑的青石板上
永远定格的鲤鱼腾跃
经年的时光打磨
黄泥墙上的紫藤和瓜秧
直到江边的那株紫薇
独自开花，落叶
像是一场漫长等待
又像是刚刚转身离开

·三·

在无数次深夜的相思里
我拥抱一个妩媚的黄姚
丹凤眼，卧蚕眉，肌肤胜雪
一座古城的无尽风光
也无法遮掩
你的一颦一笑
感谢那些无法改变的安排
让我们有那么多相见的美好
我一次又一次来到这里
只不过是为天上的思念和别离
在这尘世间
做一个鲜活的注脚

·四·

在我最初的关于爱的记忆里
有一个深情的黄姚
筑一座城池，引一湾水流
让大树天天长高
古戏台上的家国故事
上演坚守、牺牲、奉献
人们在这里驻足，思考
如果可以回到从前
是否还相信自己的选择
就是人间正道
我是一定还会再来的
这一腔诗意、满怀思念
注定属于黄姚

黄姚四境

·静·

山静，日子也静
叶落地上
鸟宿池边
月上梢头
脚印贴着青石板
静里乾坤大啊
你用雨点轻轻呼唤
我心里就被砸了一万个窟窿

·月·

夜色如幕
月便是心灯
我们从远处来
从前世来
在这里悟盈亏圆满
悟光阴
悟相见和分别
把一块青石板磨平
需要多重的时光

·空·

空巷无人
一棵古榕，中间是空的
一个小镇空的时候
一座城也空了
兵马撤了
繁华散了
我来了
你走了

·远·

桥架起来
路便远了
水流无声
秋天便远了
门吱呀打开
燕子飞远了
我把身子尽量贴近你
因为离别
不远了

路过一片稻田

这个时候正是深秋
稻田金黄。染黄稻子的
是北回归线的阳光
每年，阳光巡游到这里
就转身回头了
稻穗低首，一副农人模样
几座山错落排列
在平静的湖面
它们成为一幅倒置的画
水墨淋漓
落日像一枚印章

我们行走在时光里
回忆两千多年前
挡住江风的
是不是大南门的城墙
蛙声呀，鸟鸣呀
如今都成了
江面上平静的过往

寺院的钟声

突然敲响，豢养多年的孤独
要离家出走
我知道路的另一头
是一个叫西山的地方
那里有一口井可以将尘事窖藏
动身之前我想做一件事
记住一粒稻米的重量

在此地，饮秋风陈酿
你无法忽略
故土家园的莽莽苍苍
我甚至想变成一株稻子
分蘖，灌浆，慢慢生长
一生只有一个愿望：
等你收割
颗粒归仓

麻村记

占尽一湖风光
却总是一副懒散模样
以乡村之名
在都市一隅
贩卖粽子叶、红薯干和石磨豆腐
一种叫作平话的方言
来源尚存争议
村口社庙的香火
在二月的节日里升腾
锣鼓喧天
召唤失散的乡音
进村的路口被临时封闭
但允许列车在地下穿行
条件是地面上的出站口
必须还叫麻村——
老主任说，这地方啥都变了
村名得给子孙留着

关于花和一朵花（组诗）

·茉莉·

必须写写茉莉，因为此刻我在横州
这里看不到别的花
仿佛满世界只有茉莉
成片的茉莉花海
只是花季刚过
地里只剩绿叶
那些白，那些香
都随茶去了
你烧水、净壶、凝神闭目
花就开了，一朵，又一朵
真好呀，趁夜色尚浅
把她们都收了吧
一窨再窨
直到花逝去，茶醒来
这一杯清茗呀
是乳名，是山风，是鸟语，是蝉唱
是郁江静流
是乌蛮伏波
是秦观词意

是霞客墨染

我是离开之后才想明白一个问题的：
这里明明一片花海
为何竟不产蜂蜜？
原来啊，这一万朵茉莉
都知道它们的宿命——
黎明之前
永远也来不及绽开

· 郁江 ·

江流大地
是天大的缘分
山水相会是阴阳完美的结合
如果要有一个仪式
必须是高天为幕
群山静立
雷鸣为乐
云腾作雾
先是命名：取“郁”字
彰显内里的沉静气质
从此不事张扬
与岸边的青竹、玉米同气相求
与未及绽放就香消玉殒的鲜花
惺惺相惜
此去千里万里
不忘横州故地

·大粽·

稻米最终极的梦想
应该是成为粮食
反哺种养它的人
种稻者观天象，察农时
为稻粱谋
一件事情做久了
就成为信仰
比如民以食为天
比如粒粒皆辛苦
比如风吹稻花香两岸
在横州
则是聚糯为粽
有如聚沙成塔
熬煮，让火助上一臂之力
待时辰到，粽香飘
我们一起
小心剥开层层叶子
那时你会看见
大米的清白
人生的况味

·伏波庙·

打开卫星地图
才发现位置的精妙
山环水绕，平野大江
马援自己当然不可能知道
这个地方的人为了纪念他
在郁江边，这个叫乌蛮滩的地方
给他建了一座庙

马是马革裹尸的马
中国的历史太长
所有的人事
都需要通过时空坐标
来定位价值和贡献
这个时候，我们从二十一世纪的
横州回头
就看到了东汉的烽火
将军横刀立马
壮怀激烈
家乡是回不去了

但青山处处可埋骨
此地背山面水，甚好

我点一炷香
为庙堂江湖
为忠义成佛

世间模样

雪落无声
而雨总是嚷个不停

雪越积越多，用沉默自证清白
雨在变成流水之前
话已经说尽

雪融化，变成水
仍是一言不发

天上掉下的两个孩子
仿佛原来就长在人间

中渡，中渡（组诗）

·黄葛榕·

每一条河
都有码头，也叫渡口
码头用来靠岸
渡口用来连接彼岸
河水只管流
它看惯了人间变故
它藏日月
放飞萤火
留两株黄葛榕在码头
独自生长
榕树知道，水流过去
就不会回来了
此去即是永别
它不哭
它扔下些叶子
随流水去
多像这村庄
散出去的孩子
追逐时光，四处漂泊

·老影院·

售票窗还在
墙上的水泥黑板也在
电影早就散了
看电影的人大隐于市
在老商号里经商
在骑楼下饮茶
在戏台上唱戏
这一日，洛江水涨
雨打在青石板上
我搬一张凳子
坐在暮色里
银幕挂起来了
天渐渐变黑，灯亮起又熄灭
我一个人看电影
一个人，回家

·关帝庙·

每个人心里
都住着一个关公
忠义被供奉
这里的关公，捧读《春秋》
目不斜视
他的青龙偃月刀不见了
头顶的明月还在
人一旦成神
众生就只能仰望了
但关公坐着
让我们可以平视
家国天下
兄弟情义
其实也不外是
寻常烟火
古渡桨声

·中渡，中渡·

古镇是有灵性的
它留一个渡口
渡白云，渡夜晚的思念
这里的女子多情
喜欢在雨里撑一把伞
在小巷行走
喜欢把影子
印在青石板上
沉醉不知归路

真是个好地方呀
传说有鹿
在山谷出没
它们安静地觅食，行走
流水从远处来
又匆匆离去
渡口便默默地等
这么多年
它一直在听鹿鸣

我是古镇五月
最后一个访客
一边走
一边琢磨两个汉字——
中渡，中渡

鹿鸣谷

·一·

鹿鸣呦呦
鹿鸣呦呦
我是冲着鹿鸣来的
但这清幽山谷没有鹿鸣
鹿们家族兴旺
长幼有序
安静地行走
偶尔抬头，凝望远处
像是聆听森林的召唤
回忆
故乡的模样

·二·

鹿居然吃玉米
这让我大为惊奇
并徒增亲切之感——
原来，我们是同一种食物喂养的
那就好办了
我们不挑
不挑食，不挑穿
逛街不挑日子
也不挑地方
就像这里，有山
有水，有玉米和青草
最重要的是
有善良的父母
如此，甚好

· 三 ·

一只小鹿
在草地上奔跑
它只是自己愿意跑
不是因为饥饿
也不是因为被猛兽追逐
它生下来就能站立
不多久就能奔跑
它的父母遗传给它的
生存技能
在鹿鸣谷
全然用不上
它用奔跑表达快乐
表达成长的渴望
我想做它的朋友
替它说一句话：
谢谢大家

一座山深藏不露

·一·

比如，她为什么是在北流？
比如，她为什么叫大容山？
比如，她的海拔高度为什么是 1275.6 米？
比如，她的 500 米飞瀑，那些生生不息的水
从哪里来，要到哪里去？

比如，一棵千年桫椤为什么要长在这里？
这块巨石，承受永无休止的水流撞击
它为什么不愤怒？
比如，有没有一颗水滴
在摔碎之后
爱上石头？

·二·

更不用说她和山下这条南流江
是什么样的关系了
她一定是说过的
但这个世界上
没有人能听懂她的话
甚至连她的声音
都听不到
风的引诱、挑逗
在她面前就是个笑话
只有一只飞鸟，一头老牛
或是一朵白云的影子
能稍微触碰
她的心事

·三·

我在一个房间里
推开窗，外面是山
山从来不住进房子
她不需要
她本身就是房子
我躲进山来，住进房子里
我想写一座山
想让我的诗像山上的瀑布
决绝而勇敢
并且流传在大地上
仿佛是一种启示
这座山叫作——大容山

·四·

我们在山上唱歌
吃肉喝酒
我们是诗人，也是俗人
我们想让这座山
包容我们
原谅我们的唐突、无知和放纵
我们也只有进到山里
才袒露自己的唐突、无知和放纵
像出走半生之后回到家乡的老兵
像过年时打工回家的孩子
像蝴蝶
遇见一眼泉水
和泉边的花开

·五·

大容山是个女人
高挑，挺拔，丰满，水灵
我心中一个女人的千般美好
大容山都有
她吃苦耐劳，她天天向上
她生儿育女
她抚育一条江
一座城
一群作家和诗人
他们穷尽一切名词、动词和形容词
也只能描绘她的一个眼神
一缕发丝

·六·

行走大容山
我的内心阳光一样温暖和明亮
我想把她抱在怀里
事实上是她把我抱在怀里
像抱着满山的树
原来，爱一座山是如此幸福
像花开，像泉涌，像虫鸣
原来一座山的爱如此
包容万象，深藏不露

扬州三题

·雨夜·

不是烟花三月，冬天的雨
更多寒意
夜晚进入的异乡人
不惊动残荷
一城灯火点亮销金窝子
运河在这里拐了个弯
风也跟着拐弯
京口瓜洲在近处
钟山隔着数重山
孤帆细雨
大江奔流

·访瘦西湖不遇·

的士司机说，西湖虽瘦
也需要至少半天才能游完
我在公园门口，看见门票价格
一百元能看二十四桥明月夜
其实也不算贵
只是等不及夜晚了
月明或暗亦属未知
有些事情，想着就很美好
未必一定亲见
似现在这般到了眼前
又转身辞去
扬州也已是故人

·江南绿·

春风远，但山河渐近
此城位居江北
那个江南，隔一道水
就有了许多话题
造一座桥把江南拉住
水又留不住
流啊流，不舍昼夜
这一日天朗气清
明月湖荷尽菊残
我来之地，杨柳依依
也有一池湖水
扮作瘦西湖模样
只是岸边人行色
与此地有别
同样的也有，比如喜欢登山
敬畏一条大河

空中之事[二十首]

空中之事[二十首]

我们站在池边讨论残荷

湖水突然干了。你说想种藕
无事的时候
就对着满塘的荷
织一幅锦
绣一枝并蒂的花
不需要水，水多事
藏太多心机
弄得莲也是满身的心眼

这时当然不是夏天了
荷叶黄的黄，缺的缺
我们在逆光的一侧
找到拍摄的角度
一个中年男人在慢跑
他的狗欢快地跟着跑
穿制服的清洁工
笑着喊狗的名字

我们就站在池边看残荷
讨论接天莲叶、映日荷花好看
还是眼前这般

更耐琢磨
干莲蓬里残存两颗莲子
你说要带回去种
看能不能长出一塘荷
晴听蛙鸣，雨唱天歌
每日无所事事
和明月藕断丝连
哼一段过往时光
在淤泥里埋下
清白传说

山中寻石记

这时候的春天
花开得好
阳光白白的也好
我在一个地方睡觉
醒来就做一件事
去寻访石头

石头原来不在这里
他们藏在水底
从水里出来之后
在河滩上又待了一段时间
每天晒晒太阳
有时淋一场雨
可惜翻不了身
淋得不够痛快

摩擦也有
大多是他们思考的时候
在水和石谁更坚硬的问题上
争执不下
后来搁置争议

伤口渐渐愈合
河水流去的声音
被存在身体里
留下一圈一圈的印纹

春天不是寻石的好时候
花草萌动诱惑太多
石们春困，整日昏沉
不愿意说话
何况离开了水
他们需要对泥土做些交代

直到有些石头
主动走近我
讲述他们的故事
为了证明故事是真的
它们甚至向我袒露身体的隐秘
让我触摸
这人间太过混沌
连石头都懒得坚硬
他们宁可像鸡蛋破壳

也不想等成化石

至于我想找到的那一颗
现在还不知道在哪里
山中风大
它的话估计也被吹走了
这是一个特别的地方
晚上石头低语
中午飞机轰鸣
清晨有鸟歌唱
我的石头必将八面玲珑
前途无量

秋

秋风是把刀
这么多年
有些钝了
门口那棵老树
一天才掉几片叶子
没日没夜
苦苦熬着

声音的楼宇

·一·

坐北朝南，楼宇轩昂
声音凝固之后
风就刮不走了
恋人的争吵，牲畜的叫唤
马达的轰鸣，虫子的吟唱
加上夜里老人的咳嗽
筑就一座大厦
我每天坐在这楼宇里
用耳朵和忍耐
接纳外部消息

·二·

声音是有形状的
像砖头那样，像混凝土那样
能盖起一座楼房
声音的楼房矗立在城市里
一楼是叫卖
二楼是呼唤
三楼是婴儿的哭
四楼静默——静默也是一种声音
越往上，声音越复杂
直到云朵擦着楼顶
发出沉闷的声音

· 三 ·

有一个房间
是用歌声建造的
原以为会有很多人喜欢
但事实上相反
这个房间门庭冷落
人们是什么时候开始
不喜欢歌声的
谁也不知道
开发商和建筑师都失算了

·四·

不同的方言
用来建造窗口
这样一来，窗口的形状就五花八门了
它们各自发声
担负起接纳阳光和通风的职责
即使关闭
也会被再次打开
有时是半夜
会从乡音里醒来

·五·

最昂贵的声音
做了地板
光滑明亮，任人踩踏
踩踏的声音
则用来粉饰墙
声音的颜色原来是白的
那些黑的
比如夜晚，比如日全食
是另一种声音
被当作沙子
埋在地下

·六·

要拆除一栋声音的楼房
需要耐心
把声音拆分，打碎
要用到冲击、愤怒、决绝和抛弃
最先被敲下的是谎言
接着是奉承、乞求和赞美
直到一张喋喋不休的嘴
终于闭上

·七·

坐在声音的楼宇里
我一言不发，思考或是睡觉
不发出任何声音
因为我的声音已是多余
直到有一天
一个声音对我说
快跑吧，这楼要塌了

· 八 ·

这警告的声音
为下一栋大厦
作了奠基

练　字

笔洗里的清水
转眼就变黑，弄污它的清白
只需一滴墨水

写古人的诗句
他们说清阴有竹极幽趣
朗咏无弦生古情
他们说明月松间照
能饮一杯无

纸那么白，墨那么黑
我持笔，弯腰
故意漏一个字，让它
留在唐朝

沙　漏

时间往下流
坚定执着，不可逆转
当沙子流尽
世界停顿了一下
留个间隙让我回忆
是否遗漏了什么

沙漏翻转，时光倒流
我凝视沙子
每一粒都像
被砍掉的树重新长出
白发变黑
燕子回到春天

磨　刀

磨刀的磨，从石
表明我手里有一块石头
长方形，粗粝有度
恰到好处
刀是菜刀、水果刀
不可能是别的什么刀
我沾上水，开始磨
一把一把磨
我有的是时间和耐心
甚至还能想起小时候
老家院子里的磨刀石
半截埋在土里
爷爷在上面磨刀
磨菜刀、镰刀、砍柴刀
和斧头
甚至剃刀
石头一天天矮下去
我一天天长高
刀保持锋利

城里磨刀有些随意

缺乏仪式感
刀因此常常生锈
钝成一块铁
城里人甚至不会磨刀
日子过得了无生气

我把一把把磨好的刀
放回刀架，却想不起
今天为什么要磨刀

空中之事（组诗）

·飞·

白云、候鸟
火箭、子弹
儿时的纸飞机、肥皂泡
老了的风筝
这些东西，有的具体
有的形而上
有的是瞬间，比如白云苍狗
有的是季节，比如雁南飞
有的是快乐的全部
有的是余下的光阴
它们在空中
不分种族贫富
共有一个姿态——
飞

·望·

举头望明月
西北望长安
目光能看到什么
史册记载了什么
那时明月照无尽心事
走在驿路上的人
停下脚步，抬头望天
他要么是听到了
鸟的鸣叫
要么是担心天
会不会突然
下雨

·雨·

故事当然是从
云朵开始
结局已经是地面上
中间有无数种可能
包括润物
也包括摧花
有时，一场大雨是不够的
不足以完成宏大叙事
有时
一滴雨水已足够沉重
毕竟那是
天空的悲伤

·升·

日出，云起
关于向上和永恒
东方自有哲学表达
炊烟自山下出
赋予大地古老气息
载人的火箭
拖一条火的尾巴
燃烧不舍，表达决绝
月从海上升起
风自来处吹来
海那么深，天那么广
足以容得下
思乡、怀人
仇恨和梦想

·落·

日落星月隐
陨石自天外飞来
蒲公英缓缓收起
降落伞
闪电的姿势其实也是降落
轮回的周期关乎生命
也关乎离别和重逢
甚至潮汐涨落
世间多少事
无非是一颗心提起
又放下

·有·

空生有
有即无
是即非
非亦是
一张白纸
一团和气
世间一切生长、喜乐
最能理会

·无·

其实是我们的灵魂
谁说它不是在空中俯瞰呢
那些高高的尖塔
手可摘星辰
但抓不住灵魂
被风刮走的
被雨打湿的
还有被云遮盖的
会变成树叶
鸟的翅膀
要么成泥，要么
在温热的身体里
飞翔

月亮之上（组诗）

·嫦娥奔月·

从神话传说
到大国科技
中间隔着
一道天河

谁也没见过嫦娥的长相
但这不妨碍我们认定她是个美人
而且品德高尚
对一棵树好
对一只兔子好

·月壤·

那一抔土
没生出过五谷
也没孕育过花朵
夜与昼的转换
让它五内俱焚
死去
又活来

厚德之物
即便离我们三十八万公里
即使没埋过先人的骨头
也能让人
心生敬畏

·旗帜的展示方式·

用特殊材料制成
在一个特殊的环境里
以特殊的方式展示
当信仰不被蒙尘
当意志不被风吹
我们的血
红得那么鲜艳

·对接·

再浩瀚的星空
也有专属的呼唤
比如黄皮肤与黄皮肤
比如江河的流向
即便小如尘埃
但心跳的速度相同
回家的方向确定
宇宙再大
也不过是万家团圆的
那一杯酒

吹泡泡的小孩

他的泡泡排山倒海
闪着五彩的光
男孩气定神闲
在城市午后的街头
人行道上
目空一切，制造并欣赏
一串串被囚禁的空气
像一个早熟的
哲学家

雪

落在地上，土就灰了
直到全白
屋顶瓦片换了颜色
像是跟青砖墙和暗黑的房檐
翻脸
路也白了，曲着腰不分昼夜
挣扎向前

我的纸原来也是一块雪地
每写下一个字真相就露出一点
直到雪都不见了
变成夜的一部分
你说写吧，我早已在镜子里
洞悉一切

雪最后才落到你的头上
多年前小心堆起的雪人
蹒跚赶路
要在暖风到来之前
给河流捎一封信

她最后站在山坡上
看雪球越滚越大
风跟在后面踉踉跄跄追赶
眼前这大地
白茫茫一片

雨季【三十二首】

雨季

［三十二首］

雨季（组诗）

·蛙鸣·

住在湖边的人
与蛙为邻
它们早晚都要鼓噪一次
有时是因为太热了
有时是向天祈雨
真实的原因据说只是求偶
我对这世界所有的噪音
本能排斥
但蛙鸣除外
蛙鸣融于风中
彼此沟通无碍
我怀疑自己其实就是一只蛙
潜伏人间
不平则鸣

·鸟语·

每天早晨叫醒我的
那只鸟
与湖边榕树上其他的鸟
截然不同
它声音清脆
悠扬而婉转
隔着玻璃和窗帘
诉说昨日见闻
远方的山火仍在蔓延
洪水冲过的地方
人们重建家园
暂栖的候鸟已经飞走
去年的燕子
还没有飞回

·汛期提前到来·

江湖被雨水灌满
就像一个人
突然有了重重心事
整片空气都是潮湿的
动物烦躁不安
稻田则保持安静
我站在一条大河的岸边
看像河水一样流动的人群
犹豫着要不要告诉他们
洪水就要来了

·莲花水库·

一朵莲都没有
连传说都没有
地图上它有另一个名字
它和新桃、下寨、王元
这些村子的名字
和哑巴阿道的名字
都由我精心保管，定期翻晒
总有一天，我会在水里
植一株莲
洛阳亲友如相问
就说这是莲花居

·独山·

山上有个洞
像一张嘴
或一只眼
后来开山采石
一车车的石碴被运走
开始是嘴不能说话
后来眼也闭上了
山最后被抹平
现在我回到这里
牧牛人会指着一片空地说
从前有座山
山上有个洞

·田畴·

不是一味地
只长一种庄稼了
禾苗柔弱，稻穗低首
它们的地位不复往日
那些高大的、甜蜜的、青翠的
都要生长
甚至荒芜
也说自己有不生长的理由
那么多年了
每次回乡，我都要到田间走走
有时遇见一头老牛
有时是一位老人
印象中，无论哪个季节
好像都没见到过
最应该见到的
田水

·在手机地图上搜一个叫新桃的村庄·

如果是平面图
那就是一个小点
和周围那些点
一起构成家园
代表公路和铁路的线条
将它们切割
代表河流和湖泊的蓝色
又试图将被割断的血脉
连在一起
有时我打开卫星地图
看一道山脉自南向北逶迤
在新桃戛然而止
我试图不断放大
想找到实际上无法见到的
那间低矮的砖瓦老屋
以及门上已经褪色的春联——
满天瑞雪知年味
一路春风带酒香

·与弟书·

城里住不惯
你就回老家住吧
把我们的田地重新种起
晴耕雨歇
农药勿施
丰歉由天
注意身体

水流过古镇（组诗）

·砂糖橘·

它们还在母树上
颜色鲜艳夺目
盖过叶子的绿色
这片果树生长的地方
原本是稻田
这个时候，应该是秧苗孕育
农人盼雨
惊蛰刚过
我们这些城里人
和无人问津的果子
很显然都在做
与稻谷无关的事

·古码头·

码头是河的灵魂
码头废了
河从此沉默
河里泊着的几只木船
也像是外来户
融不进岸边景色
在河床上回望
古码头的门楼
高大苍郁
游人顺阶上下
没有人留意
卧在草地上那头水牛
眼里的春天

·黄葛榕·

嫩芽初吐
满眼春色
高高的枝丫间的几个鸟巢
有鸟鸣守护
此时的春芽是可食的
我们小时候都吃过
味道一点都不好
但还是忍不住吃

包括这一次
在这个叫作纳禄的村子
我们刚吃过甜的果子
又尝到了春的苦涩

·运江石·

河里的石头
都裸露在河滩上
再过不久下游的大藤峡枢纽蓄水
这里的水位将大大提升
石头会回到水里
有的回不来了
回不来的原因是
它们形质纹色与众不同
它们有了自己的想法
它们是运江养育的
但最后都离开了
越优秀
走得越远

・一条鱼・

平静而清澈的水面
突然泛起波澜
一条鱼在我们眼皮底下
来回游动
坐在岸边的几位村妇
无动于衷
我们说，好大的鱼啊
她们笑说，大我们也不抓
我猜她们不是不爱吃鱼
村子太安静了
她们喜欢听
鱼搅动河水的声音

少年山水

山的童年太遥远
远到记忆尽头，甚至时光尽头
不像树，即便是千年老树
我们也可以从一片新叶
窥见它的青葱
河水和山一样
哪怕是运河
如今都老得不成样子了

它们少年的模样无人知晓
比如眼前这山
不高，刚刚超过炊烟
山下的河水不宽，也不深
每日欢快地流，看得见鱼虾
和水底的石子
水边浣衣的人
只需要把裤脚挽起
露出小腿
日子便哗哗往前流
牧牛的孩子一撒欢
就把自己变成少年山水

我那时渴望长大
能轻易翻越山顶
横渡一条大河
那时总觉得山太无趣
一动不动，不笑不嗔
当时还不知道
这是一种可贵的品质

山水最终还是长大
不再是少年
山愈加沉默，水越流越远
我是在接近老年的时候
才意识到它们已经变老的
于是感叹，惋惜，逢人便回忆过去——
山名松山
水叫莲花，是座水库
山水之间那个村子
叫新桃

每年春天

我都要回一趟老家
与那片山水
过一个节日

大海是不是一个少年

·一·

潮涨
潮落
起落之间
像翻一页书
孤船是一章
飞鸟是一章
只有礁作为坚硬的书签
位置不变

·二·

海是一个少年
胸前红领巾
走路蹦蹦跳
风唱一曲
雨唱一曲
海一长大
就不爱说话了
再多的心事
全沉在水底

·三·

雨点扑进海里
像游子还乡
像叶落归根
远处的闪电
负责照明

· 四 ·

如果没有浪
最寂寞的
一定是岸边的
石头

· 五 ·

站在海边
有一个问题需要思考:
要么包容
要么摧毁
要么像大海一样
既包容
又摧毁

· 六 ·

日出的时候
海面就是成就辉煌的
舞台
海甘为人梯
海是好少年

·七·

那么多的云
都把海引为知己
对着海照镜子
海有时调皮
故意把镜子弄碎
这个世界呀
就只剩下一半美好

·八·

夜里的海
看不见表情
浪发出哗哗的声音
哭也是它
笑也是它

·九·

海有后悔的事吗?
我想是有的
比如弄湿一位少女的裙子
还有
看着大鱼吃掉小鱼
无动于衷

·十·

这世上的事无非两种
一种在岸上
一种在水里
海都看得见
海不愿长大
海要做一个少年

一条大河

平躺就是站立
表达对土地的情意
用清浊两种表情
表明态度
一步迈出便不再回头
抬首是高峡平湖
开唱是壶口涛声
低头是飞流直下三千尺
只有决堤或是封冻
才为世间留下
罪与恕的注释

秋天，睡一觉起来水就流远了

在一个叫青龙湾的地方
住了一夜
我们谈论庄稼和农人
也说到疫情凶猛
我说文学的意义
就是看不出它的意义
比如举杯
在夜色里
秋风掀不起波澜
我们的话语长长短短
顺着屋檐往下滴落
第二天一早
在一条河边
被水流的声音和激起的浪花
触动——
即便是偏远的地方
清水也具有时光的模样

六月篝火（外三首）

六月原本是不需要篝火的
六月本身就是火
这场火一直在烧
人们严阵以待
互相保持距离
只有海依然故我
每天早晚
在沙滩上留下神秘印迹
像一幅沙画，也像
凝固了的火炬
柴垛是我亲手点燃的
六月的海边
我和一群人围着篝火起舞
我也成了一束火
像六月一样

·和摆小摊的姑娘聊天·

“大叔你是哪里来的？”
姑娘问。在海边的马尾松林里
她刚刚把帐篷搭好
将桌子支起
我问她，平时周末人多吗？
她说现在疫情还没过去
外地很少有人来
她又问我，你是老师吗？
我不知道她为什么会这样问
我长得也不像老师
她的摊子上有好看的响贝
抓在手里敲击
有海的声音，潮湿而清脆

·房车营地·

海风是凉爽的
在六月尤其显得珍贵
带着房子行走
像飞驰的蜗牛
在海边拥有一个晚上的星空
梦里遇见的人
乡音无改，淹没
惊涛拍岸的声音

·那时风流·

海边的英雄刘永福
打了一场陆地上的胜仗
近代中国抵御外侮的耀眼亮色
被海风反复推送：
“刘二①打番鬼，
越打越好睇②！”

注：①刘永福小名刘二。
　　②睇，粤语“看”的意思。

此处石头蕴含深意

我有明确的目标
每天从早到晚，从溪涧到林地
一定要找到一块石头
粗粝，但有佛的形象

我捡起一颗，又放下
溪水细长
在某处断了
如一支曲子的休止符
林树下到处都是石头
它们慈悲
但不是佛

那个少年，跟随父亲
在西山为佛造像
石头在他手里
变得柔软而温暖
一锤一锤，轻轻敲打
他的脸最后
长在了石头上

我到南山寺的时候
少年已不再年轻
他离开西山
父亲万分不舍
造了一辈子佛像的老人
从没想过
他造的不仅仅是
石佛

离开南山之后
我就四处寻找
那颗石头，它一定在的
无论竹密，山高
注定蕴含深意
披着朴素的壳
安于莲座

去西山（外二首）

那么多年，一直在
去西山的路上
过河，过河上的桥
遇一场雨
被大雾蒙蔽
看见莲花满池
泉水清，老松静
行脚归来的方丈迎风
把山门打开

·雨逶迤·

雨和我一样，在赶路
大瑶山逶迤向南
雨也逶迤而至
上个月它在圣堂山淋湿一群诗人
今天在西山
又追上我
我已习惯妥协，接受被淋湿
也是一种生活方式
但半山那棵千年枫树
不愿苟且，啪的一声
扔下半截枯枝

·泉·

已醇化为酒
醉半山白云
也有倾泻而下的
边跑边唱
像一群散学回家的孩子
快乐、自由

春风十里（组诗）

·花开了·

你说，花开了
我就看见
山红了，岭白了
连云朵都是香的

你说能留住春天就好了
哪能呢
春忙着呢，她要赶路
若到江南赶上春
千万和春住

我辗转半生
只为寻觅一方湖景
安居
花开时看水
水静处观花

·鸟儿停在树梢·

树枝还是秃的
鸟在树上来回跳跃
像是要给树
画上绿叶

我总是叫不出鸟的名字
就像叫不出很多花的名字
它有长长的尾巴
是喜鹊吗？不知道
应该也不是乌鸦
两只长得一样的鸟
它们应该是一对
比翼齐飞
从楼顶的一角
轻轻滑过，停在树梢

它们飞走，又飞回
它们不追求什么
又仿佛永远在
追求什么

·燕归来·

我坚信它会回来
如同坚信春天

同在一个屋檐下
过日子
它们衔泥筑巢
生儿育女
我早出晚归
安静度日

其实做一只燕子
真的幸福
有故乡，有远行
有闪电，有风雨
有重逢，有别离

即使是不辞而别
我也坚信

天空中掠过的那道影子
是你的下笔千言
是你的千里万里

·春江水暖·

河流解冻
水从一种沉默形态中
恢复成无形
还有一种江河
永远不会封冻
它们与季节形成默契
无须言语

一座座青山
被雨水洗过
岩石的面容无比清晰
村庄里那些房子
白墙红瓦
像过节时孩子穿上新衣
只有在这个时候
人们对游走在水面的鸭子
对它们的一动一静
报以纯粹的
审美的眼光

·远方消息·

我把你叫作远方
尽管我们相距不远

多远才算远离呢?
多近才算在一起呢?

远方的天气晴好
远方的村庄烟火升腾

远方的草原风吹草低
远方的牧羊人风雪夜归

远方早安
远方晚安

远方有多远
远方就有多近

·茶讯·

赶在清明第一场雨之前
你离开母体
为相遇封存恰当的语言

采茶人还是去年模样
动作轻盈
面色宁静
她摘下一片嫩芽
凝望，像见到多日不见的
孩子

每年三月
你都要寄一罐新茶
你说要给我一个春天

其实你知道
再好看的杯中风景
也抵不过
这一刻岭上
无边的春色

·春风十里·

一里，冰消融
雪人告别儿童
它要回到密林深处

一里，田来水
农人牵牛下地
留存最后的故园记忆

一里，见故人
杯中斟满老酒
院外竹影婆娑

一里，木棉花开
风铃木盛装出场
共同营造信仰的氛围

三里五里，你行走
去寻找一只旧时麻雀
一棵高大的柿子树

最后一里，铺阳光
翻犁新土
播倔强种子
长人间四季

做一条善良的鱼[十二首]

做一条善良的鱼[十二首]

天气变冷时我所关心的一些问题

父亲和母亲的身体我不用担心了
他们的墓都很结实，周围的树
可以挡风
弟弟的田地我也不担心
因为他早已不再种地
住到了城里

天一冷我就知道
一年又快过去了
我的诗还没写完
想在夏天办的事后来移到秋天
现在已经冬天了
春天发出去的问候
到现在还没有消息
北方河边的垂柳
如何在叶子褪尽之后
用一根根细枝
抵御严寒的侵袭

还有蚂蚁
是否添了寒衣

长期住在地下室
会不会风湿
它们的冷库
什么时候才能装满过冬的粮食
倒下的大树
是不是真的死了
它的伤口流出的脂汁
什么时候才能化作琥珀
那些昂贵的沉香
穿越回去是它们哪一截身体

剩下就是雪花了
是否还像少年时那么白
不用减肥
也能落地无声
替大地掩盖
那些蓄意的罪恶
无心的过失

至于我

仍旧在寒风中寻找
用残存的温暖坚持
为未来赋诗

做一条善良的鱼

如果可以选择
我愿意做一条鱼
游走江湖
把洄游当成信仰
至死不渝

诱饵随处可见
对此需要有足够警惕
垂钓的人诡计多端
他们有足够的耐心
枯坐一日并非只为
读一页河水

选择好看的水草
栖息，并对其中某一株
表达敬意
毕竟并非所有的植物
都愿意回到水里
保持逆流而上的状态
告诉水面航行的船只
哪里有最险恶的礁石

做一条善良的鱼
线条优美，鳞片结实
在江河泛滥的年代
也绝不随波逐流
哪怕在最深的水底
也能数出故乡的节日

拜一棵树为师

学习如何坚持天天向上
如何在夜里反省
白日的懒惰
学习它如何把故乡装在心里
一年只长一圈

不开花也不结果
这不是什么过错
牛马拴在身上也不怨恨
听它们通过绳索
传递过来的心跳
自己的前世今生
无非是牛轭车辕
或者草原上唯一的荫

学习被修理，随时准备倒下
把刀斧当成最好的朋友
最好能化作烈焰
给刀锋淬火
让它们更加锋利
伐遍人间病木

每天放弃一些叶子
算是对风的妥协
但同时生出更多的叶子
履行生而为树的承诺

一棵树能活着就是奇迹
你不能再要求它
拒绝人间烟火

想念麻雀（组诗）

·麻雀·

小时候，把竹梯架到墙上
掏过屋檐下
或者泥墙裂缝中的麻雀窝
用弹弓打过麻雀
在晒坪上赶过麻雀
在田里用稻草人吓唬过麻雀
甚至，吃过麻雀

但最近这些年
我常常想念麻雀
麻雀一点也不记恨我
或者它们压根就没记住伤害过它们的人
每次回到老家
都是它们最先迎接我
叽叽喳喳，飞来飞去

麻雀还是吃秋天田里的谷子
这么多年，口味一点没变
长相也还是老样子，灰不溜秋的

而我的老房子早已变了
先是泥坯墙变成砖
现在，砖瓦平房又变成了
钢筋水泥楼房

我越来越喜欢那些空寂的田野
越来越喜欢跟麻雀聊天
它们帮我把很多快要遗忘了的
壮语方言
重新唤醒

在城里，不容易见到麻雀
有时候遇到，我就停下步子
看它亮亮的眼睛
如果天空没有麻雀
一定会变得空洞
并且一点也不生动
我甚至认为
我成为一个诗人
这是麻雀的预谋

想到逝去的亲人，远去的故乡
世间的冷暖
我就想念麻雀

·误杀·

布在阳台的粘鼠胶
居然粘死了
两只麻雀
那天晚上气温骤降
离春节
没几天了

·你打过麻雀吗·

哪一个乡村少年没玩过弹弓呢?
哪一个乡村少年的弹弓没打过麻雀呢?
麻雀从小就能辨别
石子从身边呼啸而过的声音
哪一只少年的麻雀没有从枝头惊飞过呢?

我整个弹弓生涯唯一的传奇
是有一次
一抬手就把歇在院墙上的一只麻雀
打落
那一刻，已经出嫁的姑妈
突然推门而入

麻雀们现在依然兴旺
我的弹弓和少年都不在了

从那时起我再也没打过麻雀
但每次看见弹弓
我都情不自禁
停下脚步

·进化·

我亲眼看见
一只装死的麻雀
在众人的眼皮底下
突然飞走

需要多长时间的进化
鸟儿才养成了这样的
生存本能?
需要多长时间的演化
人类才能让鸟儿的这个技能
退化?

·梧桐树·

一夜暴风雨过后
村口巨大的梧桐树下
到处是残叶和死去的麻雀

树大招风，麻雀无处躲藏
狂风暴雨里
它们经历过怎样的恐惧和绝望

少年时代的这个记忆
一直刻在脑海
那棵梧桐树早就没有了
现在的麻雀
也不知过了多少代

多少年过去
风雨倒是
秉性不改

当一条河的河长

我的理想其实是
当一条河的河长

这条河要有好听的名字
能写进诗里
长短无所谓，但要流经
家乡或爱人身边
不要太深，孩子夏天可以
下去游泳
产一种鱼，会传递
远方下雪的消息

春风是最丰厚的俸禄
岸树列队迎接检阅
把河堤打造得
可以栖息候鸟和云朵

每天我跟着流水行走
像农人巡视庄稼
有月光的夜晚就招呼子孙
酿酒祭神
听河水唱歌

刚淋完你的雨，又来淋我

跟那年的开花一样
我的是白的　你的
是粉的
跟那年的季风一样
你见到的是夏天
我看到的是秋季
雨点不紧不慢
刚好来得及
把我淋湿

那险峻的地方是我们的日常

码头，雾气未散。我们寻找
一艘大船，有双人客房，阳台
可见江水，听得到
两岸猿声。这船将要带着我们
顺着夏天的流水
去看时光的模样

像以往的每一次远行一样
拂脸的风，清凉
它们吹散你的头发
这次还让我们的影子
在地上晃，山上的日头
迅速隐没。地图上圈点过的
地方，一一放大
人渐多，树拔地而起
远处的钟鼓
用方言叙说晨昏

夜里我们就凭栏相拥，十指相扣
聊一部电影

和长得并不好看的男主角
水天一色，少年遁入暗黑
包括初见
公园的草地和长椅
你的牛仔裤和山上盛开的
杜鹃

岁月有点慢。赶不上流水
船开足马力，想在黎明之前
到达一座山。停靠
我们不用赶，我们的时间还在
眠中。有人用长篙在水面
试探，深不见底的秘密
点点浮出

直到月色铺开
你把目光从笔架山收回
说，我们的字
越来越像了
其实日子也越来越像

汤越来越淡，茶越来越浓
船行在
柔软和风浪之上

一个人的疆场

这些年，我以诗人面目行走
在一个人的疆场
接受无法改变的胜负
词语是我的兵马
被我用来讨伐时间攻城略地
也用来列队向禾苗致意
它们召之即来来之能战
诗人是号令词语的将军

这些年，燕子失联亲人故去
番石榴失去曾经的果实
无法撼动的山岳被蚕食
路越修越长，家越来越远
熟悉的轨道上再难看到
绿皮火车的行迹

行走在马路上
街边的小店某一天
突然关门
黄昏时趴在门口打盹的猫
不再出现

老旧小区拆除重建
高楼一栋又一栋
像陌生的路人
近在咫尺，又远如天际

城市不再每年流行一种酒
喝酒的人行踪不定
酒也喜怒无常
不时酿成事故
曾经海量的人
如今持杯的手不停抖动
像是被风吹着的枯枝

只有门前湖水
归于澄澈
水鸟和白鹭自由栖居
表达对人间的情意
江边的垂钓者
争说一条挣脱了钩线的大鱼
不知道它
会不会在另一个河湾

再一次为诱饵迷失

这些年，表情退隐
口罩登堂入室
如果你因此认不出一个诗人
那么就去读他的诗吧
比如《伊犁河》
比如《我写下的每一个字都是星火》
岁月艰难，我们的日子需要
抑扬顿挫，酣畅淋漓

这些年，我们共同经历
并且坚信未来的一万种假设
就像相信一万年的蹉跎
已经成为过去
夜再深，墙再厚
也阻挡不了一只虫子
不屈的吟唱
一个崭新的日子
黎明到来的消息

我写下的每一个字都是星火[六首]

我写下的每一个字都是星火［六首］

- 渡江者
- 在遵义，被一条河流感动
- 我热爱这家园的莽莽苍苍
- 我写下的每一个字都是星火
- 您还在
- 江山颂

渡江者

是远方来客，口音陌生
他们行色匆匆，神色凝重
但并不慌张
摊开地图，看一条河的流向
寻找渡口的位置
辨认几个村子的名字
蜿蜒的公路像一条绳索
秋天已经过去
海洋山高大的银杏树
残存的叶子在风中苦苦撑着
像在等待什么

这样的山，家乡也有
黑夜里传来的鸟鸣
也并没有什么不同
有的也叫岭
生长松树、酸枣和槐
可以拴牛马，也可以铺陈蕨类
连日的枪炮声停歇下来之后
岭上开满了红花
一朵，两朵，十朵百朵

如今万山红遍

夜晚祠堂的灯火
照亮一张脸，浓眉紧锁
进进出出的人
像春天的燕子
飞出去，飞回来
这屋檐下
原来的寻常烟火
掺进了硝烟
远远近近
一阵紧似一阵的枪声
像鞭炮

江水向北，像是在赶路
一群人要抢渡
也在赶路
大坪、凤凰嘴、界首
现在作为地名
被标记在 1934 年初冬
一场战役的形势图上

像几颗图钉
摁住了翻腾的江水
那个满脸稚气的少年
那个操闽西客家口音的少年
随流水去了

有一个人
和这条江同名
有人说他其实是一棵树
江边的大树
遮风挡雨是他
霜打雷击的也是他
小河淌水是他
大河奔流也是他
远方来客是他
邻家大哥是他
凝视地图的是他
灯火映照的也是他
他叫陈树湘
对，参天大树的树
血染湘江的湘

江水不回头
渡江人也不回头

新圩、脚山铺、光华铺
不是圩，就是铺
这些地方
想来应是商埠
湘桂古道的千年石板路
被一双双穿着草鞋的铁脚
踏过
1934 年冬日的五岭
有了新的传说
那些舍命的人
临死还唱着歌
那支唱着歌的队伍
从此再没来过

不，后来他们还是回来了
从老山界翻越而来
从赣南、闽西、粤北
会集而来

从担架上下来
从十四岁归来
从失散回来，从布谷声声
从杜鹃啼血
从丰收的田野
从幸福的炊烟里
一一醒来

他们是渡江者
他们渡江
也渡人
渡一切苦难
他们最后自渡——
是三年湘江水
是十年湘江鱼

他们血沃红土
他们屹立成塔
他们永生

在遵义，被一条河流感动

这条河的名字
注定与一支队伍
与后来的人民政权
血脉相连

六月的天空，多数晴朗
山谷间常出现浓雾
赤水蜿蜒
它的颜色在这个时候
是红的
群山在这里营造出一个环境
空气分子里酝酿一种香
这里的人是赤水养育的
是酒香熏陶的
从异乡归来
他们闻香识故人

一支队伍当年在这里
没有被浓香迷醉
他们的旗帜是红色的
头顶上的五角星

是红色的
地图上他们行进的方向
是红色的
他们和这条红色的河流
血脉相通，依依不舍
渡过去了
又回来
如此四次
这支队伍的领导者不愧是书法翘楚
文章大家
他在山水之间
营造书写的横折勾捺
铺陈一篇惊天文章的
起承转合

如今的赤水
多情如歌
吟唱一座城，一个会议
一次伟大转折
牵挂一支队伍，一道雄关
一阕《忆秦娥》

西风烈烈，长空雁叫
马蹄声碎，喇叭声咽
而今迈步从头越

我是在三十五年前的六月
加入这支队伍的
来到遵义
像是回到自己的母体
看赤水河
流着滚烫的热血
在这里被一条河流感动
被一种醇香深情抚慰
被一种色彩隆重标记

这支拥有九千多万人的队伍
其实也是一条河
跟赤水一样，永远
赤诚似火
奔腾磅礴

我热爱这家园的莽莽苍苍

我是从韩愈和柳宗元的诗句里
感觉到你的茂盛的
那是葱郁于唐朝的嘉树繁花
苍苍森八桂，兹地在湘南
岭树重遮千里目
江流曲似九回肠
那是怎样的一片苍苍
让山水相会，生出五彩吉祥
那是怎样的无边绿色
让五岭之南不再蛮荒

我在猫儿山的茫茫云海里
看见雪松挺立
听见风吹林涛的回响
我在大瑶山的千里逶迤
看见山寨的炊烟
杜鹃连绵尽情绽放
我看见龙江边翠竹摇曳
百鸟入林快乐歌唱
北部湾的红树林挺拔
笑看大海潮落潮涨

还有秀水状元村的古榕
忠诚屹立，为游子标记故乡的方向
中渡古码头黄葛榕参天
用河水诠释离别和忧伤
千年泗水有木重阳
舒展沧桑画卷
铺陈新时代乡村如诗过往
天地大美，山水绿装
锦绣八桂，树高千丈

昔我往矣，杨柳依依
今我来思，山歌嘹亮
我多希望自己是一棵树啊
一棵朴实的香樟
无怨无悔，自带岁月芬芳
我知道我就是一棵树
生于厚德的土地
隐于森林的海洋
没有人记得我的名字
像林中吹过的一阵清风
像山头泻下的一缕阳光

我一直在读你
汉魏风骨，唐宋文章
我一直在仰望
国之大者，民族脊梁
啊，这壮美无边的青山绿水
祖国南方坚如磐石的生态屏障
多少人向往你
秀甲天下的山水仙境
人间天堂
而我，是多么爱你
这故土家园的生生不息
莽莽苍苍

我写下的每一个字都是星火

祖先结绳记事
记下一个古老中国
他们钻木取火
点亮巍巍群山，浩浩江河
他们尝百草，铸青铜
留下一个钢筋铁骨
堂堂正正的大中国

韦编三绝
每一卷都散发着虚怀和正直
纸笔墨砚
每一样都蕴藏着刚强与柔韧
黄鹤楼头
白云千载空悠悠
大江东去
沉舟侧畔千帆过

我就是这样的文字喂养长大的
我就是在龟蛇锁大江的地方
看见一座城市的魂魄的
武昌　汉口　汉阳

每一个笔画里
都藏着一段历史，一部典籍，一个故事
今天更是一双眼睛
满含泪水
凝望这蒙难的家园
风浪里的中国

我写下的每一个字都是星火
我要燃一片荒原
照亮故土山河
我要撕一角夜空
为这个春天留下传说
我要为你写一首诗
书写白衣飘飘的身影
歌唱凌寒怒放的花朵

我的文字终将燃成大火
烧灭阴暗、险毒和邪恶
让光明回归光明
让英雄不被冷落
让这个春天成为难以磨灭的记忆

让我们一起高唱
一条大河波浪宽
风吹稻花香两岸
这依然、注定、永远是
美丽的祖国

您还在

——悼袁隆平

您走了，可是您还在
看见大地
我就看见您的脸
看见江河
我就看见您身上的汗水
看见水稻
看见弯腰的稻穗
我就看见您
看见这世间最美的开镰

您就是一株稻谷
您属于厚德的水田
有阳光就灌浆
有雨水就分蘖
您是一粒谷子
也是一碗米饭
您是劳作一生的农人
是这世上最长的挂念

您走了
像刚刚收割的稻田

您还在
只是颗粒归仓
福泽人间

江山颂

当我们在纸上写下信念
当我们在心底默念崇高
当我们用歌声表达敬意
当我们用筋骨铸成骄傲
当我们用鲜血浇开花朵
当我们用劳动铺平大道
我们写的、念的、唱的、做的
是同一个词语，同一片天空，同一块土地
同一道长城
这就是：人民万岁，祖国你好

必须大写一个昆仑
那是标记我们版图的地标
青藏高原有多厚
喜马拉雅山有多高
不屈的攀登者铭记
飞驰的藏羚羊知道
那些无畏的先驱
那面风中的红旗
雪藏的意志不会冰封
挺立的身躯永远不倒

必须高唱一曲黄河
那奔腾不息的浪涛
延安、黄帝陵是它的铿锵节拍
腰鼓、信天游是它的抒情音调
南泥湾的劳动号子
梁家河的初心锻造
赓续传承，仿佛还是
西柏坡的那个早晨
一行人坚定的“进京赶考”

必须泼墨一幅长江
那雄浑磅礴的航道
三江源的冰雪消融
牵引一个民族执着寻找
两岸层峦叠嶂的葱茏
高举着金山银山的骄傲
希望的田野铺金嵌玉
时代的巨轮鸣笛起锚
静水深流，丽日朗照
浓墨重彩的画图青山不老

还有那些行走的、奔跑的人
他们让家园壮美，大地丰饶
无论是孔繁森的高原
还是焦裕禄的兰考
无论是巡游九天的神舟
还是深潜五洋的蛟龙号
悬崖上的寨子迁入新村
溜索过江的地方建起铁桥
什么是风雨同舟
什么是坚强依靠
是撸起袖子加油干
是五十六个民族像石榴籽一般紧紧地拥抱

为什么我的眼里常含泪水
因为我对这土地爱得深沉，像地火燃烧
这山河壮丽的图景
连着我最热烈的心跳
夜空中的繁星，林树间的飞鸟
夏日悠悠的蝉鸣，春天破土的新苗
屋角静静的犁耙，墙上父母的旧照
我热爱你们，想念你们

我是你们的孩子呀
是大地上的成长
是小荷露出的尖角
是侗寨节日的芦笙
是草原风中的长调

啊，这壮丽的江山
潮平风正，如此多娇
啊，这伟大的时代
风流人物，还看今朝

图书在版编目（CIP）数据

我热爱这家园的莽莽苍苍 / 石才夫著. —南宁：广西民族出版社，2023.10
ISBN 978-7-5363-7720-2

Ⅰ.①我… Ⅱ.①石… Ⅲ.①诗集－中国－当代
Ⅳ.①I227

中国国家版本馆CIP数据核字（2023）第146994号

WO REAI ZHE JIAYUAN DE MANGMANGCANGCANG

我热爱这家园的莽莽苍苍

石才夫 著

出 版 人：石朝雄
责任编辑：卢悦宁
装帧设计：张文昕
责任校对：庞丽明
责任印制：莫晓东
出版发行：广西民族出版社
地址：广西南宁市青秀区桂春路3号 邮编：530028
电话：0771-5523216 传真：0771-5523225
电子邮箱：bws@gxmzbook.com
印 刷：广西昭泰子隆彩印有限责任公司
规 格：787毫米×1092毫米 1/32
印 张：7.625
字 数：200千字
版 次：2023年10月第1版
印 次：2023年10月第1次印刷
书 号：ISBN 978-7-5363-7720-2
定 价：49.80元